Christina Brudereck & Ben Seipel

GOLD ZWAN ZIGER

Funken für ein besonderes Jahrzehnt

2FLÜGEL

Erste Auflage Oktober 2022

Gestaltung: JoussenKarliczek GmbH, Schorndorf

Bildnachweise: Jaanus Jagomagi/unsplash.de (S. 11), Tamara Suhr (S. 15), Ron Lach/pexels.de (S. 19), Suleyman Seykan/pexels.de (S. 20/21), traveller1116 (S. 26), satori13 (S. 26), Damien Linnane (S. 26), Sarah Mason/unsplash.de (S. 32/33), Erol Ahmed/unsplash.de (S. 37), Artboard Studio/unsplash.de (S. 37), Jess Bailey/unsplash.de (S. 37), Kasturi Roy/unsplash.de (S. 41), Tom Fisk/pexels.de (S. 59), Michal Macewicz/unsplash.de (S. 65), Patrick Hendry/unsplash.de (S. 70), Eberhard Grossgasteiger/pexels.de (S. 83), Gradienta/pexels.de (S. 82)
Illustrationen: JoussenKarliczek (S. 5, 12, 16, 25, 42, 43, 51, 56, 57, 66, 71, 74, 79, 86)

Druck und Bindung: FINIDR, Tschechische Republik
ISBN: 978-3-9818996-9-6

www.2Fluegel-Verlag.de

FSC
www.fsc.org
MIX
Papier aus verantwortungsvollen Quellen
FSC® C014138

Für Andi
* 29. Januar 1970 † 12. Juli 2022

Sterne

Es gibt Sterne,
deren Licht uns erst erreicht,
nachdem sie schon vor langer Zeit erloschen sind.
Und es gibt Menschen,
die dieser Welt Licht schenken,
wenn wir uns an sie erinnern.
Lange nachdem sie verstorben sind.
Ihr Licht scheint in unsere dunkelste Dunkelheit
und erhellt unseren Weg.

(Aus dem Talmud)

Ginkgo

Satt grün und sanft golden, je nach Jahreszeit.
Die älteste noch lebende Pflanzenart unseres Planeten.
Doppelblatt. Zweigeteilt.
Biloba. Zweiflüglig.
Symbol für die Verbindung von Gegensätzen.
Die Kraft der Ergänzung.
Der Fähigkeit, zwei und mehr Seiten einer Begebenheit wahrzunehmen.
Ein Symbol der Überlebenshoffnung.
Trotzkräftig.
In Hiroshima nach dem Atombombenabwurf
war der Ginkgo der erste Baum, der wieder wuchs.
Und wurde zum Mahnmal für den Frieden.
Zum Symbol für den Schutz der Schöpfung.
Und schließlich zum Baum des Jahrtausends.

2Flügel – Christina & Ben

Christina Brudereck & Ben Seipel sind 2Flügel. Seit 13 Jahren sind sie gemeinsam auf der Bühne unterwegs. Der eine Flügel ist das Instrument. Der zweite Flügel ist unsichtbar. Wie ein Schwung im Herzen, vielleicht der Schwung eines Engels. Ihr neues Bühnenprogramm heißt „Goldzwanziger". Christina und Ben sind miteinander verheiratet und leben in Essen.

Wie würdest Du mich vorstellen? Was sagst Du, wer ich bin? Was ist typisch für mich? Versuchen Sie es doch mal und stellen einer guten Freundin, einem guten Freund diese schöne Frage.

Christina über Ben: „Ben ist Musiker. Pianist. Zu Hause an seinem Flügel und in seinem Studio. Denn er liebt auch das Mixen, Programmieren, Sounds und Technik. Er ist Dozent an der Hochschule für Musik und Tanz in Köln. Läuft gerne Halbmarathon. Er braut mit zwei Brüdern selber Bier und trinkt es mit Vergnügen. Er liebt: Pasta mit Pesto. Pizza. Sauna. Podcasts. Und mich. (Natürlich in umgekehrter Reihenfolge.) Ben hat außerdem ein erotisches Verhältnis zu Excel-Tabellen. Er ist ein helles Birnchen. Und ein Nerd. In einem seiner Lieder behauptet er, er sei ein Gentleman und ein Banause. Was ich beides bestätigen kann."

Ben über Christina: „Ich nenne meine Frau immer bei ihrem ersten Buchstaben: C. C. wie Christina. Aber auch wie Charakter. Charmant. Und wie Chuzpe. Sie liebt die Weite und die Welt. Und reist da gerne hin. Christina ist Theologin. (Reformiert ordiniert, wem das was sagt.) Und Schriftstellerin. Sie liest viel und schreibt ständig. Ihr Lieblingswein ist ein südafrikanischer Shiraz mit Namen ‚Allesverloren'. Was passt. Denn auch, wenn sie Poetin ist, hat sie ein besonderes Herz für alles Ungereimte. Die C. kocht wie ein Gewitter. Liebt das Kino, Blumen und das Ruhrgebiet. Außerdem ist sie Feministin. Was unser Leben manchmal sehr gerecht macht."

Die Idee

Wir verbrachten den Jahreswechsel 2019 auf 2020 in einem Kloster. In diesem Moment hatten unsere 20er-Jahre begonnen. Ein neues Jahr und ein ganzes neues Jahrzehnt lagen vor uns. Würden unsere 20er-Jahre wohl „Roaring Twenties" werden? Wild? Oder „Années folles"? Verrückt? Oder würden sie auch irgendwann „die Goldenen" genannt werden? Wie aber könnte das gelingen? Was brauchten wir dafür? Und was könnte unser Beitrag sein? Wie könnten die Kunst, Musik und Poesie helfen?
In diesem Klostermoment war die neue Programm-Idee für 2Flügel da: Goldzwanziger. Und eine große Frage, die wir seit unserer Premiere Ende April 2022 in der Lichtburg in Essen mit unserem Publikum teilen: Was verleiht dem Leben Glanz und Wert? Wie können unsere 20er-Jahre golden werden?

„UND DU SIEHST DAS GOLD
IN DEINEN HÄNDEN."

Besser

„Besser
als Gold anhäufen:
Wohltätig sein.
Ein Gebet sprechen in Wahrheit.
Barmherzigkeit üben in Gerechtigkeit."

(DAS BUCH TOBIT 12,8)

Goldgräber!nnen

Vielleicht könnten wir so eine Art
moderne Goldgräber!nnen werden.
Goldadern aufspüren.
Was leuchtet.
Was kostbar ist.
Und unvergänglich.
Was leuchtet.
Die Funken, die wir alle in uns tragen.

POTPOURRI

ODER DIE PHILOSOPHIE VON MEDLEYS

„Und das soll lecker sein?“, frage ich. Christina trägt ihre schwarze Lieblingsschürze und rotiert. Schnelle, präzise Bewegungen, einem geheimnisvollen Plan folgend, von dem ich keine Ahnung habe. „Ich glaub schon. Hab ich zwar noch nie probiert, könnte aber gut schmecken.“ Blattspinat, Gartenerbsen, Minze, geröstetes Pitabrot, Pistazien und süße Feigen. Verrückt, was hier so alles in einen Topf wandert.

Kochen ist Kunst. Und für mich ein Buch mit sieben Siegeln. Das Wirbeln meiner Frau erscheint mir wie Magie.

Ein unerklärlicher Umgang mit Zutaten, die wie Farben eines Gemäldes gemischt und angeordnet werden. Sie werden zu Köstlichkeiten, die mich glücklich machen und mir am Ende eines langen Tages ein Lächeln auf die Lippen zaubern.

Die gute Nachricht für mich, den Genießer, aber wenig kochbegabten Musiker, lautet: Das können Melodien auch! Schon die ersten Töne eines Songs können eine ganze Welt in unserem Kopf zum Klingen bringen: „Somewhere over the Rainbow", „Like a bridge over troubled water" oder „We are the champions". „Die Moldau", „Air" oder die Mondscheinsonate. Je nach Tagesform auch „Atemlos durch die Nacht", „Sie mag Musik nur, wenn sie laut ist" oder „Ich war noch niemals in New York".

Wenn man mit diesen Zutaten zu kochen beginnt und sie in einen Pott wirft, entsteht ein Pot(t)pourri. Ein Begriff der französischen Küche, der ein Eintopfgericht mit allerlei Zutaten beschreibt. Ich liebe das. Die elegante Polyphonie von Bach gemeinsam mit dem Ohrwurm von Helene. Die Wucht von Grönemeyer und die Melancholie von Eric Satie. Der Stadionsound von Queen und die Intimität von Simon & Garfunkel. All das innerhalb von wenigen Sekunden. Es bleibt keine Zeit, die einzelnen Melodien für sich wirken zu lassen. Kaum möchte man mitsummen, sind sie auch schon wieder vorbei. Dieser Moment fühlt sich wohl eher an wie eine Achterbahn im Phantasialand. Hochrunterlinksrechtsbeschleunigung-loopingschraube – nach zwei Minuten erlebt, gefühlt, passiert.

Das, was übrig bleibt, wenn die Saiten verklungen sind und die Stille zurückkehrt, beschreiben unsere französischen Nachbarn mit einem weiteren schönen Begriff: Déjà-vu. Man glaubt, dieses Potpourri genauso zu kennen. Und irgendwie stimmt das ja auch. Und auch wieder nicht.

Wir erleben, wie unser Alltag von Musik durchzogen ist. Im Autoradio und in der Küche beim Kochen, nicht immer bewusst und reflektiert. Aber sie begleitet uns, klingt um uns herum an. Und: Melodien schaffen Zusammengehörigkeit. Wir mögen unseren Sitznachbarn im Konzertsaal noch nie gesehen haben, aber in diesem Moment teilen wir etwas. Diese Melodien sind kein elitäres Einzelwissen, sie verbinden uns miteinander. Sie begegnen uns in den unterschiedlichsten Situationen und Gefühlslagen, alleine und gemeinsam. Ein in der Dusche gepfiffenes „YMCA" und ein „Von guten Mächten wunderbar geborgen" in schweren Momenten. Weil das Leben bunt und gleichzeitig ist.

„Glückskind“

heißt diese Bronzeskulptur von Tamara Suhr. Sie erinnert an die schöne Größe der Menschenwürde. An das Gold unserer eigenen Seele. Und an eine göttlich-krönende Kraft. Die Skulptur strahlt Freiheit aus, Mut wie knallrote Sichtbarkeit und eine Verbindung zum Himmel. Bedeutend in dieser Zeit. In der wir suchen, was uns allen heilig sein könnte. Was unantastbar bleiben soll.

Das Glückskind, die offenen Arme, das lebhafte Kleid, der Blick zum Himmel – sagen uns, dass wir beteiligt sind. Mit unserer Aufmerksamkeit und Kraft. Mit Wut und Zerbrechlichkeit, Sehnsucht nach Gerechtigkeit und dem Willen zum Frieden. Weil der Traum davon, dass alle Kinder von Familie Mensch Glückskinder sind, unserem Leben Glanz verleiht.

Erinnern

Wir erinnern Geschichten,
die passiert sind, als wir Kinder waren.
Wie wir schwimmen lernten.
Zum ersten Mal Pippi Langstrumpf lasen.
Oder Huckleberry Finn.

Ich weiß noch,
wie ich einen Bibliotheksausweis bekam.
Und einen Reisepass.
Was sich im Rückblick ähnlich anfühlt.

Wir erinnern uns an letzte Woche.
Das Gespräch mit der Freundin.
Ein Kompliment.
Der Spaziergang durch den Wald.

Wir wissen um Erlebnisse, die länger her sind.
Der erste Flug weit weg. Die gebrochene Rippe.
Familie! Die sonderbare Tante.
Der Nachbarssohn.
Strophenweise Lieder.

Unsere Erinnerung ist einzigartig.
Sie macht viel von unserer Person aus.
Und auch, wenn ein Mensch ganz vergesslich wird,
eine Schatzkiste mit Fotos hütet er doch tief in sich.

Und dann erinnern wir Geschichten,
die *nicht uns* passiert sind.
Die erzählt werden.
Von Generation zu Generation.

Geschichte, die älter ist als wir.
Ideengeschichte.
Haltungen. Überzeugungen. Erinnerungsräume.
Wir nennen das Kultur.
Und sie braucht ein Gedächtnis.
Eine Erzählgemeinschaft. Eine Tradition.

Wir, besonders wir in Deutschland, in Europa, erinnern Geschichte,
um nicht zu vergessen, woher wir kommen.
Wer wir sind. Und wozu wir fähig sind.
Wir erinnern, um *uns* nicht zu vergessen.
Hoffentlich nicht nur als bloßes Ritual an Gedenktagen,
sondern, um heute aufmerksam zu sein.

Und wir erleben:
Geschichte kann tröstlich sein.
Was durchlebt wurde.
Geschafft, erreicht und überwunden!
So wie eine neulich erzählte:
„Wir liefen durch Berlin.
Eine ukrainische Bekannte zeigt
auf den Dom, auf die Oper, die Universität.
Sie will wissen, ob dieses Gebäude
im Krieg stark zerstört worden ist,
jenes neu sei oder wiederhergestellt.
Plötzlich verstehe ich:
Sie geht gedanklich durch,
wie ihre Heimat wieder aufgebaut werden kann.“

Geschichten einen eine Gemeinschaft.
Die großen Texte, Sätze, Grundsätze.
Menschenrechte. Asyl.
Ein Vertrag der Generationen.
Weiße Taube. Regenbogen. Sterne.
Hoffnung braucht Bilder!

Ja, ich persönlich
zähle auch die uralten Gebete,
Geschichten und Ideen der Bibel zu meiner Herkunft!
Ich könnte sagen:
Ich bin auch eine Ur-Ur-Enkelin der Bibel.
Und den charmanten Jesus von Nazareth nenne ich Bruder.

Ich mag,
wie die Bibel uns an unsere Wurzeln erinnert.
Und an die Zukunft. An die neue Zeit.
Dass sie die Natur geschaffen, „Schöpfung“ nennt.
Und erzählt, dass Gottes erste Idee Licht war.
Ihre klare Entscheidung für die Armen
und das Tun der Gerechtigkeit.
Ich mag, wie frech die Bibel ist
gegenüber Autoritäten, Macht und Geld.
Wie kritisch und frei.
Wie wunderschön sie Wünsche äußert.
Und mich wärmt mit ihrer Weisheit.

Ist das Erinnern altmodisch? Rückwärtsgewandt?
Nein, es geschieht heute. Für morgen.
Um der Zukunft willen.
Auch an die 1920er erinnern wir für unsere 20er-Jahre.

8. Mai und 9. Geburtstag

Als mein Neffe Paul 9 Jahre alt wurde.
Saß die Familie zusammen am großen Tisch.
Das Geburtstagskind, die kleinen Geschwister, Eltern, Tanten, Onkel.
Muffins, Blaubeeren und Bionade.
Da räusperte sich mein Vater
und erzählte von seinem 9. Geburtstag:
„Es war ein Dienstag."
Einige fragten: „Aber warum weißt du das denn noch?"
Und unser alter Vater erzählte weiter:
„Es war der 8. Mai 1945."
Wir Erwachsenen wurden still. Die Kinder hellhörig.
Er erzählte:
„Am Morgen wurde noch berichtet wie immer.
Im Radio, dem Volksempfänger. Von der Wehrmacht.
Wir hörten Durchhalte-Parolen. Dazu triumphale Musik.
Das sollte wohl Siegesgewissheit vermitteln.
Aber wir wussten schon: Das stimmt so alles nicht.
Und dann auf einmal! Sondermeldung! Unterbrechung.
Der Sprecher klang auf einmal so anders.
Als er – die bedingungslose Kapitulation bekannt gab."
Wir hörten alle gespannt zu. Wagten kaum, Luft zu holen.
Der Papa erzählte:
„Und dann sagte meine Mutter,
also Eure Oma und Uroma, die Hilde:
‚Das ist ja nun wirklich für alle das allerschönste Geburtstagsgeschenk.'
Für Dich und für uns alle und für die ganze Welt.'
Und daran muss ich heute denken."

Wir haben gefeiert.
Die Kinder. Besonders Paul, der inzwischen zwölf ist.
Die Alten und ihre Erinnerungen. Unser Vater ist jetzt 86.
Und den Frieden und die Freiheit, die schon 77 sind.

LAGERFEUER

Lagerfeuer. Geselligkeit, Zusammensein.
Knistern, Funkenflug und Wärme,
Marshmallows, Stockbrot, Sterne.
Ich mag das schöne Bild
von Menschen unter freiem Himmel,
die erzählen.

Dass wir einander hören.
Die Wünsche, die Enttäuschung, bange Stunden.
Erinnerungen, innige Gedanken.
Die nie geheilten Wunden.
Ich wünsch mir solche Lagerfeuerrunden.
Die Neugier wecken,
Unterschiede, Ähnlichkeit entdecken.

Was nicht erzählt wird, trennt.
Doch wenn ein Ich erzählt,
ein Mensch sich traut
und seine Sicht beim Namen nennt
und ein andrer merkt, dass er das kennt –
das ist ein heiliger Moment.
Das Lagerfeuer brennt.

Damit wir aber
nicht nur jeweils unser Echo hören,
müssen auch die erzählen, die uns stören.
Das Beispiel, das ich gar nicht kenne.
Die Deutung, die ich nicht verstehe.
Die Haut, in der ich niemals stecken werde.
Der Körper, Schmerz und Wut,
Einsamkeit und Kränkung.
Die Ängste, die ich niemals hatte.

Andre Zeiten: Jünger, älter.
Die Flucht! Familie, Schule, Lernen, Religion.
Wer weiß denn schon,
was wir sonst alles wüssten?!
Die Lücken, Brüche, Träume.
Dazu die kleinen Abenteuer. Lagerfeuer.

Neigungen und Lieben:
Theater oder Kino, Netflix, ZDF.
Schlager, Klassik oder Jazz.
Joggen, Yoga, Männerchor.
Stadt, Land, Fluss und Politik.

Ein Ohr – kann offen sein
Und dann ja auch ein Herz.
Wir können staunen, uns verbinden,
zusammenrücken, wiederfinden.
Die Vielheit in uns selbst.
Das Miteinander für uns alle.

Das Lagerfeuer brennt noch.
Wir können sprechen,
fühlen, fragen, teilen.
Geschichten – konnten immer heilen.

TRACK 16

Mit Hilde in Masuren

Meine Großmutter Hildegard Anna Brudereck,
1901 geborene Bombel,
reiste im Jahr 1921 nach Masuren.
(Sie war verlobt, und bevor sie heiraten würde,
boten sich ihr ein paar Monate Bedenkzeit.
Sie sollte die Familie besuchen, ihre Herkunft aufspüren.)

Genau 100 Jahre später bin ich ihr hinterhergereist.
Im Sommer 2021.
In ihrem Tagebuch beschreibt sie eine wundervolle Zeit.
Und auf ihren Spuren zu sein war für mich
eine besondere Erfahrung von *Verbundenheit.
Mit Hildchen. Einer jungen Frau.
Anfang der 1920er Jahre.
Anfang *ihrer eigenen 20er Jahre.*
Überlegen Sie mal:
Wie lebte Ihre, Eure Großmutter mit 20? Ihr Großvater?
Unsere Vorfahrinnen. Eltern.
Wie sind sie gereist? Wie haben sie gewohnt?
Eingekauft? Was haben die gerne gegessen? Wie sich gekleidet?
Oder was würden Sie heute arbeiten,
wenn Sie denselben Job wie Ihre Oma, Ihr Opa hätten?

Bild: privat

Was war damals noch undenkbar?
Und was war vor 100 Jahren schon
so wertvoll wie heute?
Sodass *wir* es vererben wollen an
unsere Kinder?

Ich war in Masuren in einem
Flüstergespräch mit den Früheren.
Kraftvoll verbunden
mit meinen Vorfahrinnen.
Mir war die ganze Zeit, als stünden
Generationen hinter mir.
Ich wusste mich *auch* verbunden mit dieser Landschaft.
Mit Wind und Weite. Mit der Erde. Der ältesten Ahnin.

Verbunden von Tagebuch zu Tagebuch.
100 Jahre zwischen zwei Reisen.
Mit Hilde. Im Jahr 2000 gestorben mit 99 Jahren.
Ein ganzes Jahrhundert erlebt.
Ja, was haben unsere Früheren nicht alles geschafft!
Und haben uns Kostbares vererbt!

Meine Toten, Großmütter und meine Mama
haben mir vor allem mitgegeben – ein tiefes Vertrauen:
Wir sind nicht allein.

BERLIN

EINE LIEBESERKLÄRUNG IN ASSOZIATIONEN

In den 1920er Jahren war Berlin eine Stadt geballter Vitalität. Sehnsuchtsort. Hier passieren Aufbruch, kulturelle Blüte, Experiment, hemmungslose Lebensfreude. Ein enormer Modernisierungsschub. Der 1. Weltkrieg ist zu Ende. Das biedere Kaiserreich vorbei. Mit Schattenseiten – aber wohin wir auch sehen: In allen Bereichen herrschen Schwung, Pioniergeist, Lust am Neuen. Vor allem das Berliner Nachtleben floriert und feiert ausgelassen. In Kinos, Tanzlokalen, Theatern und Bars. Berlin setzt den Trend. In Mode, Industrie, Wissenschaft, Kultur. Malerei, Literatur, Musik, Architektur, Fotografie, Film. Und in der Politik. Im Guten wie im Schlechten, im Schönen wie im Schrecken. Die beliebte Serie „Babylon Berlin" zeigt uns beide Seiten: Gold mit Glitzerglamour und Grau mit Grauen. Berlin feierte in den 20ern viele Sensationen.

Wir leben gerne in Essen, in unserem Kiez Rüttenscheid, im Ruhrgebiet. Und mögen Köln, wo Ben viele Jahre lang gewohnt hat. Außerdem Löhbach, Langenaubach und Waiblingen. Gartow, Gent und Pany. Und ja, Berlin. Die große, besondere, einmalige Stadt. Immer noch Trendsetterin. Auch in dieser Stadt haben wir einige Freundinnen und Freunde. Besuchen sie gerne. Zuallererst als Schülerin und Schüler. Auf Klassenfahrt nach West- und Ostberlin. Heute auch immer wieder mal beruflich. Wir haben hier zweimal unseren Sommerurlaub verbracht, je einen Monat lang. Wir mögen das zauberhafte Flair. Die Anziehungskraft dieser Metropole. Haben oft das jüdische Museum besucht. Barenboim auf der Waldbühne gefeiert. Juliette Binoche bei der Berlinale. Und mit Patti Smith in der Gethsemanekirche laut „People have the power" gesungen. Wir haben orientalisch, indisch, japanisch, italienisch, europäisch, gerne, gesund, lecker gegessen. Sind flaniert.

Einige aus meiner Familie waren Hugenotten, Glaubensflüchtlinge aus Frankreich. Die konnten sich wegen des Toleranzediktes schon vor einigen hundert Jahren hier willkommen fühlen. Und genau so lieben wir Berlin: Tolerant, bunt, weltoffen.

Berlin! Wir sind beeindruckt von Dir, kommen gerne wieder vorbei und wünschen Deinen Bewohner!nnen weiterhin viel Freiheit fürs Ich und viele mutige Ideen zum Wir.

Du bist unsere Hauptstadt.
Mit Bundestag, Kuppel, Brandenburger Tor.
Steckst voller Geschichte, Kultur, Kunst,
Restaurants, Mode, Ideen.
Du wurdest angegriffen, zerbombt,
wieder aufgebaut, geteilt, wiedervereinigt.
Voller Schönheit. Öffentlich sichtbar und
ganz versteckt.
Dein Botanischer Garten, die Brücken.
Und Du bist voller Unterhaltung:
Berlinale, Waldbühne, Wühlmäuse.
Philharmoniker, Museumsinsel, Zoo,
Bootsfahrten auf der Spree.
Du weißt und forschst und erfindest viel.
Mit Bauhaus, Babelsberg, Charité,
Deinen Universitäten.
Zu Dir gehören Döner, Currywurst,
Bulette, Schrippe.
Siegessäule, Dom, Gedächtniskirche,
KaDeWe, Funkturm.
Fußball, Hertha BSC, Olympiastadion,
Christopher Street Day.
Du bist über 800 Jahre alt
und dabei so jung geblieben.
Immer im Wandel.
Eine Mauer hat Dich geteilt und geprägt.
Und dass sie weg ist, auch.
Alles singt von Deiner Luft.
Dein Wappentier ist seit jeher ein Bär. Stark!
Du bist voller erzählender Namen:
Unter den Linden, Kudamm,
Bernauer Straße, Bebelplatz.
Marzahn, Spandau, Charlottenburg,
Prenzlauer Berg.
Pankow, Wedding, Gesundbrunnen,
Potsdamer Platz.
Hackescher Markt, Friedrichstraße, Köpenick.
Bertold Brecht, Rosa Luxemburg,
Walter Gropius, Henriette Herz.
Marion Gräfin Dönhoff, Robert Koch,
Hannah Arendt, Karl Marx.
Und Heiliggeist.
Du bekommst sehr viel Besuch.
Zusätzlich zu den vielen,
die schon hier wohnen, Du Große!
Du wurdest und Du wirst regiert.
Von Willy Brandt,
der Dich durch krasse Krisen begleitete.
Richard von Weizsäcker,
der Dich international neu ansehen ließ.
Diepgen, Momper, Wowereit, Franziska Giffey.
Und Deinen fast vier Millionen
Einwohner!nnen.
Du hütest viele Kirchen,
die neue Synagoge, weitere Synagogen,
Moscheen, Gebetsräume, Tempel.
Schloss Bellevue, Ministerien, Botschaftssitze.
Du bist deutsch, türkisch, polnisch, syrisch,
italienisch, berlinerisch…
Eine Weltstadt
mit großer Anziehungskraft.
Eine echte Lieblingsstadt.

Unsere Vorbilder mit 20

„Wo waren wir, wo waren Sie, als Sie 20 waren?
Und wo waren unsere Ahninnen und Ahnen,
unsere Lehrerinnen, Helden und Vorbilder mit 20?"

Astrid Lindgren fing mit 20 ihre erste Stelle an. Als Sekretärin in der Radioabteilung der Schwedischen Buchhandelszentrale. Sie schrieb den ganzen Tag lang Briefe an Leute, die nicht mit ihrem neuen Radiogerät zurechtkamen. Fast 20 Jahre dauerte es noch, bis das erste Pippi-Langstrumpf-Buch erschien. Manchmal braucht es Zeit.

20 war Mutter Teresa, als sie den Namen Teresa annahm. Nach ihrem Noviziat, bei ihrer Einkleidung in Darjeeling. Martin Luther King entdeckt mit 20 die Idee vom gewaltlosen Widerstand. Albert Einstein hatte mit 20 ein Diplom in der Tasche, „Fachlehrer mathematische Richtung", fand aber keine Stelle. Als Bono 20 war, war U2 zwei Jahre alt, und die Band unterschrieb ihren ersten Plattenvertrag.

Patti Smith kam mit 20 nach New York. „Es gab Kakerlaken und Mäuse. Dafür konnten wir Theater, Musik und Literatur machen." Schon oder erst als 20-Jährige hat sich Sophie Scholl vom Nationalsozialismus abgewandt. In einem Kinderheim leistete sie ihren Kriegshilfsdienst, Bedingung, um studieren zu dürfen. Und hier, bei Fahnenappell und Propaganda, merkte sie: ‚Ich muss etwas tun.' Ihr Widerstand begann. Sie hatte noch zwei Jahre Lebenszeit vor sich.

Als 20-Jähriger wanderte Johann Sebastian Bach 400 Kilometer weit, von Arnstadt nach Lübeck. Um in der Marienkirche die Adventsmusiken von Dietrich Buxtehude zu hören. Er wünschte sich wohl, dessen Nachfolger als Organist zu werden. Bedingung dafür war allerdings, Buxtehudes älteste Tochter zu heiraten. Dazu kam es nicht.

Martin Luther musste als 20-Jähriger das Bett hüten und nutzte die Zeit, um Laute spielen zu lernen. Dietrich Bonhoeffer war mit 20 schon Doktor der Theologie. Es gab sie, die Personen (es gibt sie auch heute!), die früh sahen, was passieren könnte. Die klar warnten, dass die Reden von Hitler und Goebbels todernst zu nehmen waren, die Pläne von menschenverachtendem Schrecken, von Folter und Krieg.

Frida Kahlo malte ihr erstes Selbstporträt mit 19. Vivienne Westwood interessierte sich zwar schon als junges Mädchen fürs Modemachen, war mit 20 aber Grundschullehrerin. Geschieden, alleinerziehend, Mutter von 2 Kindern, begann sie allmählich ihre eigene Kleidung zu schneidern. Anne Frank wurde gar keine 20, sondern nur 15 Jahre alt.

Und Marlene Dietrich wollte mit 20 Konzertgeigerin werden. Aber wegen einer Sehnenscheidenentzündung musste sie ihr Studium abbrechen. Sie beschloss, stattdessen Schauspielerin zu werden. Weigerte sich, Nazi-Propaganda zu unterstützen. Wurde der 1. deutsche Filmstar in Hollywood.

„Lili Marleen" wurde durch Marlene Dietrich in englischer Fassung zum Welthit. Sie sang das Lied für die amerikanischen Truppen. Voller Heimweh, Sehnsucht, Hoffnung auf Wiedersehen und Frieden.

BRÜCKEN

Den ersten Klavierunterricht bekam ich mit sechs Jahren, und um ehrlich zu sein, hielt sich meine Begeisterung darüber echt in Grenzen. Tonleitern, Fingersätze, klassische Klavierstücke, die Note für Note abgelesen und einstudiert werden sollten – es machte mir einfach keinen Spaß und erschien mir sinnlos. Ohne die Belohnungs-Strichlisten und den liebevoll-streng-ausdauernden Druck meiner Eltern hätte ich das Klavierspiel wohl ziemlich schnell wieder an den Nagel gehängt.

Was meine Aufmerksamkeit damals viel stärker fesselte, waren blinkende Lämpchen, leuchtende Knöpfe und Schalter. Es begann mit einer Märklin-Modelleisenbahn, gefolgt von einem Lötkolben und verschiedenen Baukästen. Etwas später bekam ich meinen ersten Computer, an dem ich einfache Programme schrieb.

Immer wieder begegne ich Eltern, deren Kinder ähnlich wenig Lust auf ihr Instrument verspüren, so wie ich damals. Seitdem bewegt mich die Frage, wann und wie sich meine Klavier-Abneigung veränderte und ich mein Spiel als erfüllend und selbst verstärkend erlebte?

Das Erlernen eines Instruments als Selbstzweck reichte mir als Teenager jedenfalls nicht. Entscheidend war daher, dass mein Klavierspiel in der Öffentlichkeit passierte, im Zusammenspiel mit anderen. In dem Moment, wo ich mein Musizieren als Brücke zu anderen Menschen, Themengebieten und Erfahrungen erlebte, wurde daraus etwas Sinnvolles. Die meisten dieser Brücken habe ich weder gebaut noch allein überquert. Es gab Menschen, die mir diese Wege gezeigt haben. Menschen, die mir etwas zutrauten, mich unterstützten und mir frühzeitig Verantwortung übertrugen. MusikerInnen, deren Fähigkeiten weit über meine eigenen hinausgingen. Vorbilder, die meinem ziel- und freudlosen Üben einen Fixpunkt, eine Orientierung gaben.

Dass der Musiker Johannes Nitsch im selben Dorf, nur ein paar Straßen von meinem Elternhaus entfernt, wohnte, war ein solcher Glücksfall, für mich ein Geschenk. Ich erinnere mich noch genau an sein Klanggespür, seine brillante Fingertechnik und seine Fähigkeit, unterschiedlichste Musikstile von Bach bis Bebop auf höchstem Niveau zum Klingen zu bringen. Johannes schrieb eingängige Melodien, Ohrwürmer und anspruchsvolle, komplexe Klaviersoli. Sein Tonstudio, in dem die damals besten Aufnahmegeräte, Synthesizer, Keyboards und Mikrofone standen, war für mich als Teenager ein Ort der Sehnsucht und des Staunens. Diese Verbindung aus virtuosem Klavierspiel und „Übdisziplin" zum einen und Studiotechnologie, Klangtüftelei und Musikproduktion zum anderen war der entscheidende Impuls, den ich als Teenager brauchte und der eine riesige Anziehungskraft auf mich ausübte. Ich war echt kurz davor, hinzuschmeißen, aber die Klangwelten, die Johannes mir zeigte, stellten mein Klavierüben auf eigene Füße. Die Idee, dass mein Interesse an Musik und Technik sich kreuzen, die Vision, das Klavier mit meiner Vorliebe für blinkende Schalter und leuchtende Knöpfchen zu verbinden und dadurch irgendwann vielleicht eine CD aufnehmen zu können, ließ mein Klavierüben viel sinnhafter und schöner erscheinen.

Die zweite Brücke, für die ich Johannes und anderen dankbar bin, verbindet das Klavier mit öffentlichen Auftritten, der positiven Rückmeldung eines Publikums und der Erfahrung von Selbstwirksamkeit. Als ich 14 Jahre alt war, trauten mir Menschen in meiner Kirchengemeinde zu, hin und wieder die Liedbegleitung der Gottesdienste zu übernehmen. Einige Zeit später war das ZDF mit einem Live-Gottesdienst bei uns zu Gast, und Johannes entschied, dass nicht er selbst, sondern ich am Flügel sitzen sollte. Meine Finger waren eiskalt, und ich hatte eine Nacht lang kaum geschlafen, aber diese Erfahrung ermutigte mich ebenfalls, dem Klavier mehr und mehr Platz einzuräumen. Es folgten viele Bands, überregionale Auftritte und Freundschaften fürs Leben.

Johannes ist mit 49 Jahren gestorben. Ein Tod, der viel zu früh und überraschend kam. Es fällt mir bis heute schwer, mich damit abzufinden. In wenigen Jahren werde ich so alt sein, wie er geworden ist. Ich fühle mich gesund und meine, dass die Balance zwischen meiner Lebenserfahrung und der Kraft meines Körpers gerade gar nicht so schlecht ist. Was werde ich in den nächsten Jahren daraus machen? Die Erlebnisse mit Johannes und vielen anderen Menschen, die an mich glaubten und mich gefördert haben, motiviert mich, dasselbe zu tun. Für mich heißt das konkret: Eine gemeinsame Erfahrung schaffen, Kommunikation ermöglichen. Sorgfältig zuhören und dann teilen, was wertvoll ist. Was mir geschenkt wurde, verpflichtet mich. Als Hochschuldozent, als Onkel, als Freund. Als Technik-Nerd, Bierexperte, schlechter Tennisspieler und Saunafreak. Verbunden mit dem ehrlichen Wunsch, selbst bis zum Ende neugierig und demütig zu bleiben.

Fields of gold

Ein Sommer in Südfrankreich.
Sting mit Band und kleiner Bühne.
Eingerahmt von Sommerabendsonne.
Naturpure Freude.
Flirrende Luft. Kribbelnder Sekt.
So schöne Vielstimmigkeit.
Diese Musik, dieses Licht, dieser Wind.
„Fields of Gold".
Goldschimmer auf dem Getreide.
Tanzende Wellen, Gerstenfelder.
Leben im Rhythmus.
Zarte, leicht wehmütige Erinnerung.
Säen, Warten, Reifen, Ernten.
Hoffen, Singen, Atmen, Segnen.

LICHT DES HIMMELS

Bei Spotify anhören:

Als PDF herunterladen:

BABYLON BERLIN

Ich bin, du bist, wir sind der so genannte ‚kleine Mann'.
Die Person, die dazwischenfunken kann.
Und vertrauen, hoffen, das ist nicht übertrieben, lieben.
Ja, mutig lieben.
Aufbauen. Offen. Nicht auf andre schieben.
Angst ist ein Tyrann.
Demokratie lebt immer wieder unter Dieben – der Freiheit.
Menschenrechte unter rechts-extremen Seitenhieben.
Wir sind dran.
Babylon Berlin, unser Ort ist hier.
Ab heute der Termin.

Damals wie heute –
Populistische Angstmacher fürchten:
Diejenigen, die dem Licht vertrauen.
Die unabhängige Presse, Statistik und Fakten.
Zusammenhalt und familiäre Räume.
Die Erinnerungen der Alten. Der Überlebenden.
Sie fürchten die Glücklichen.
Kunst. Die Geschichten des Widerstandes.
Die Tyrannei fürchtet die Liebe.
Weil die noch weit mehr fasziniert als die Angst.

Die Neunte

Der faszinierende griechisch-russische Dirigent
Teodoros Kurentzis
(Klassikrebell, engagiert von Nowosibirsk bis Salzburg)
fand einmal ein Beispiel zur Wirkmacht der Musik:
„Wenn jemand von einem anderen Planeten kommt und fragt:
‚Was macht die menschliche Zivilisation aus?'
Dann sollte man am besten die 9. Sinfonie von Beethoven spielen."
Dieses Hoch auf die Freude.
Diese Hymne auf Vielheit und Einheit.
Unvollendet, wie sie ist...

Eine Femmage auf meine Buchhandlung

Ich verbringe sehr gerne Zeit in Buchhandlungen. Zwischen Büchern fühle ich mich gleichzeitig friedlich und aufgeregt. Titel, Cover, Namen beflügeln mich. Ich denke: Gleich! Gleich kann es passieren! Gleich liest Du etwas, das eine schöne, neue Idee bei Dir auslöst. Zu Hause in meinem Kiez in der „Papeterie Petersen“ freue ich mich immer, wenn sich die Suche nach Inspiration, nach einem Geschenk oder das Abholen einer Bestellung mit einem Plausch verbinden lassen. Wenn ich reise und Zeit in einer fremden Stadt verbringe, suche ich am liebsten die kleinen, unabhängigen Läden auf. Die „Jeetzel Buchhandlung“ in Lüchow im Wendland. In Gent bin ich gerne bei „Limerick“, wo es neben Büchern eine beeindruckende Ausstellung von alten Schreibmaschinen zu sehen gibt. „Bookz & Booze“ bietet zur Lektüre den passenden Wein oder Likör. Und zum „Walry“ gehören ein Garten und ein Café. Ein ganz besonderer Buchladen ist der in der Nablus Road in Jerusalem. Nur ein paar Quadratmeter groß. Eine Fundgrube vor allem arabischer Literatur in englischer Übersetzung. Im südindischen Vellore bekam ich einmal in einem kleinen christlichen Bookshop direkt neben dem berühmten Krankenhaus eine Bibel geschenkt.

Neugierig streife ich die Regale entlang. Atme den Geruch von Staub und Papier ein. Schon die Titel regionaler Literatur erzählen viel. Im Ausland springen die Übersetzungen von Bestsellern ins Auge. „The magic mountain“, Thomas Manns Zauberberg. „The Artificial Silk Girl“, Irmgard Keuns kunstseidenes Mädchen. Und Pippi Långstrump kann Pippi Longstocking heißen, Fifi Brindacier oder Bilbee Bat-Gerev. Ja, in Ländern, deren Amtssprache ich nicht verstehe, findet sich meistens doch mindestens eine englischsprachige Ecke. In Yangon war der dicht bepackte Buchladen einer der ganz wenigen Orte, an denen überhaupt Englisch gesprochen wurde.

Oft frage ich nach Lyrik, meine liebste Literatur. Einmal wurde mir auf meine Bitte hin ein dicker Sammelband mit Gedichten empfohlen, verbunden mit der kleinen Bemerkung: „Die Autorin saß wegen eines Gedichtes gerade fünf Monate lang im Gefängnis.“ Ein Schreck! In so einem Moment weißt Du, dass Du nicht in Deutschland bist.

Unvorstellbar, in Deutschland wegen eines Gedichtes verhaftet zu werden?! Ohne Freiheit der Rede, der Meinung, der Presse zu leben? Verrückt, wer sich um die Demokratie sorgt? Aber leider ist wohl wahr: Geschichte kann sich auch rückwärts entwickeln.

Der Blick nur hundert Jahre zurück zeigt, dass demokratische Grundrechte erstens noch nicht so alt sind und zweitens auch schnell wieder zurückgenommen werden können. Am 14. August 1919 bekam Deutschland seine erste demokratische Verfassung. Sie sicherte die Freiheit von Wort und Schrift zu. Kunst und Kultur erlebten einen fulminanten Aufschwung. Aber schon 1922 wurde das sogenannte Republikschutzgesetz erlassen und die Freiheit vor allem linker, liberaler Autor!nnen eingeschränkt. 1926 dann trat ein Gesetz zur ‚Bewahrung vor Schund- und Schmutzschriften' in Kraft. Aufführungsverbote zum Beispiel für Bertold Brecht folgten. 1931 dann gab es eine ‚Pressenotverordnung'. Bald wurden Zeitungen verboten, Bücher als ‚undeutsch' gelistet und 1933 schließlich verbrannt. Thomas Mann war einer der Ersten, die prominent und öffentlich mahnten, die Freiheit nicht für selbstverständlich zu halten. Die erste deutsche Demokratie erfuhr von Anfang an viel Feindschaft. Einige wünschten sich einen neuen Starken für die Spitze oder den Kaiser zurück, die Monarchie. Sozialistische, liberale, konservative, rechtsradikale Kräfte, demokratische und undemokratische Parteien kämpften miteinander und um die Bevölkerung. Nach nur 14 Jahren Demokratie begann die nationalsozialistische Diktatur.

Als Schülerin dachte ich noch, dass rechte Parteien in Deutschland nie wieder eine Chance haben würden. Und jetzt sitzt seit 2017 eine Partei in unserem Parlament, die reaktionär, nationalistisch, aggressiv, rassistisch und populistisch ist. Geschichte kann sich wirklich rückwärts entwickeln. Wir haben Gedenktage, und doch vergessen wir. Wir lassen uns warnen und mahnen, aber die Demokratie bleibt eben eine Aufgabe. Sie darf gefeiert werden, aber sie braucht uns auch. Unsere Achtsamkeit, unsere Fragen, Zweifel, unsere Vielstimmigkeit, unser Interesse. Irrtumsfähigkeit und Lernbereitschaft. Expertise und Betroffenheit. Die Leidenschaft, zu streiten und um den besten Weg für alle zu ringen. Protest ist nicht genug. Streitvermeidung hilft nicht. Blindes Abnicken auch nicht. Der Rechtsstaat, die Justiz, die freie Presse, Minderheiten und Wissenschaft brauchen uns. Keine Nation ist immun gegen phobische, giftige Politik.

Aber ja, es gibt ein Grundvertrauen in die demokratischen Institutionen. Und die große Mehrheit hält die Demokratie immer noch für die beste Staatsform! Das ist wahr. Nur – ohne Beteiligung wird diese Haltung einfach bequem. Mit einem Blick zurück kann die Gleichgültigkeit uns erschrecken. Und weltweit ist die Demokratie nicht mehr in der Mehrheit. Erstmals zählt der Demokratieindex mehr autokratische Staaten als demokratische. Die Demokratie ist so furchtbar langsam und kompliziert. Sie funktioniert nie reibungslos. Autokratie kann so viel schneller, effizienter, triumphaler reagieren. Wenn die Demokratie liberal, sozial, multiethnisch und pluralistisch ist, ist sie gesund, aber eben echt anstrengend. Auch deshalb ist sie nicht selbstverständlich.

Und, ja: Es gibt viel zivilgesellschaftliches Engagement für Gleichwürdigkeit und für den Erhalt demokratischer Standards. Ehrenamtlichen Einsatz für Flüchtlinge, Arme, Obdachlose, Kinder. Getragen von zutiefst humanistischer Haltung. Achtung vor

dem Anderen. Aktionen für Bildung, Diskurs, Begegnung. Trotzig denke ich: Die Menschen wollen frei sein, und sie wollen sich beteiligen. Aber wer weiß?! Freiheitsliebe und Solidarität ringen ständig mit der Bequemlichkeit. Es reicht nicht, die Demokratie gut zu finden, wir müssen auch etwas für sie tun.

Während des ersten Lockdowns 2020 liefert mein Kiez-Laden die bestellten Bücher (und Postkarten und Stifte) mit dem Fahrrad aus. Und es gab viel zu liefern. Es wirkte so, als wünschte sich der ganze Stadtteil, dass diese Buchhandlung unbedingt bleibt. Während ich in Bahnhofsbuchhandlungen und Ketten die immer selben Titel und Autor!nnen sehe, ist mein Kiez-Laden weit origineller. Nicht vollkommen unabhängig natürlich von Trends und Lieferketten, aber doch freier. Er ist ein Ort, der Waren verkauft, Haltungen bestärkt und Freiheit schenkt.

Wie die Literatur überhaupt. Indem sie erzählt, verbindet sie Welten, Kulturen, einzelne mit anderen. Sie kann Unsichtbare sichtbar machen. Randständige in den Mittelpunkt rücken. Verstummten eine Stimme geben. Sie geht vom Ich zum Du. Sie kann unsere Vorstellungskraft wecken, die Fantasie beflügeln. Energie verleihen. Mit uns trotzen. Uns aufmerksam machen. Die Kunst braucht die Demokratie, und die Demokratie braucht die Kunst. Geschichte kann sich rückwärts entwickeln. Aber wir können sie auch nach vorne erzählen.

Die alte Dame

„Ich möchte Ihnen erzählen, wer mich ermutigt. Sie ist eine alte Dame. Vom Volk geliebt. Manche sagen, sie habe griechische Wurzeln. Auch wenn sie schon alt ist, kann sie unglaublich viel bewegen. Wenn sie in guter Verfassung ist. Sie liebt die Freiheit. Sie liebt es, sich einzumischen. Sie hat ein Herz für Minderheiten und wirbt immer wieder um Mehrheiten. Sie verehrt die freie Presse. Sie hat auch ganz sicher eine Menge Fehler. Manche meinen, ihre Zeit sei abgelaufen. Aber ich denke, das stimmt nicht. Für mich ist sie immer noch die Beste.

Ich spreche von der Demokratie. Sie ermutigt mich. Diese Idee. Sie kommt aus der Mode? Wenn das gesagt wird, müssen wir hellhörig werden. Dann braucht sie uns dringend. Wir müssen sie verteidigen. Wir haben ‚MeToo' erlebt. Viele mussten ihr Verhalten überdenken. In Saudi-Arabien dürfen Frauen jetzt Auto fahren. Deutschland hat eine Kanzlerin. Estland eine Präsidentin. Serbien eine Ministerpräsidentin. Ich glaube, zurzeit sind es achtzehn von 193 Ländern und damit etwa zwei Prozent von uns sieben Milliarden Menschen, die ein weibliches Staatsoberhaupt haben. Immer mehr gute Männer unterstützen unsere Anliegen. Und auch die jüngeren, sogar sehr jungen Frauen mischen sich ein: Nach dem Parkland-Schulmassaker hat die achtzehnjährige Emma Gonzalez den Widerstand angeführt. Und die elfjährige Afro-Amerikanerin Naomi Wadler hielt eine Rede, die um die Welt ging. Übersehen und überhören wir nur nicht diese jungen Frauen, meine Lieben! Wir haben so hart gearbeitet. Ja, was haben wir viel gearbeitet. Und erleben: Manches geht plötzlich. Und anderes geht immer noch nicht. Und einiges geht wieder verloren. Die alte Dame braucht uns. Und wir brauchen sie."

(AUS „DIE TEETRINKERIN",
CHRISTINA BRUDERECK, 2019)

PEOPLE HAVE THE POWER

November 2019 in Berlin. Anstehen vor einer Kirche! In einer langen Schlange. Viele hoffen, noch eine Karte zu bekommen. Für das Konzert von Patti Smith. Die „Godmother of Punk" tritt hier heute Abend auf. Die Sängerin, Dichterin, Fotografin, Aktivistin, Ikone.

Im Programmheft ein Zitat von ihr: „Der November ist für Berlin ein Monat des Erinnerns. Tatsächlich löste der Fall der Berliner Mauer am 9. November 1989 auf der ganzen Welt begeisterte emotionale Reaktionen aus." Der Konzertabend trägt den Titel „Mauern sollen einstürzen". Den Raum hat die Künstlerin aus einer Reihe von Vorschlägen selbst ausgewählt. Die Gethsemanekirche.

Ein bedeutender Ort der Friedlichen Revolution. Treffpunkt für Oppositionelle. Und die Punkszene der DDR. Heute Abend Konzertsaal. 30 Jahre nach dem Mauerfall.

Und dann betritt sie die Bühne. Graue lange Locken. Schwarzer Anzug. Ihr schönes schiefes Lächeln. Mitte

70 ist sie schon. Diese Frau *verkörpert* Freiheit. Und 50 Jahre Musikgeschichte. Beglückt uns mit Geschichten von früheren Berlin-Besuchen. Singt. Liest ihre Gedichte wie Gebete, spielt Gitarre. Beschenkt das Publikum mit neuen Texten und alten Hits.

In der Hauptstadt ohne Mauer. In einer rappelvollen Kirche. Im November. Umgeben von Geschichte. Von den anderen 9. Novembertagen 1918, 1923, 1938. Wird es beim nächsten Lied ganz still.

„Ich träumte in meinem Träumen. Ich sah eine strahlende Erscheinung. Mein Schlaf wurde unterbrochen. Mein Traum hing in der Luft. Wo Wüsten waren, sah ich Brunnen. Und der Leopard und das Lamm weiden wirklich beieinander. Leuchtende Täler, frische Luft. Neu geöffnete Sinne – da wurde ich geweckt von einem Ruf: People have the power. Das Volk hat die Macht. Auch, um das Werk von Dummköpfen auszugleichen. Auf die Sanftmütigen wird Güte regnen. Es ist entschieden: Das Volk regiert! Wir haben Macht. Alle Staatsgewalt geht vom Volk aus. People have the power. Wir können die Welt umdrehen. Eine Revolution für die Erde anzetteln.“

Ach, geliebte Patti Smith, Patentante des Punks! Dein Lied möge weiter wahr werden mit uns. Dein Traum von der „People-Power“ möge ein Segen werden.

Damals im November sang die ganze Kirche: „People have the power.“ Für mich ein großartiger Moment. Es lebe die Demokratie! Die Revolution der Kerzen, der Lieder, der Herzen. Es lebt die Geschichte, die lernt. Wir haben die Macht, zu träumen und zu regieren. Und die Macht, die Welt den Unbesonnenen abzuringen. Es ist entschieden: People have the power.

Loops und Live

Es gibt Musik, die ich im Alltag lieber nicht höre. Die Musik von Nils Frahm zum Beispiel. Nicht, weil ich seine Alben nicht mögen würde. Im Gegenteil – ich liebe seine Aufnahmen ganz besonders. Aber diese Stücke wecken eine solche Sehnsucht in mir, dass es fast schon wehtut. Wenn ich einen solch kreativen und ästhetischen Umgang mit Klang erlebe, habe ich nur einen Wunsch: mich selbst an den Flügel zu setzen, um zu versuchen, mich diesen Vorbildern mit Mikrofonen und anderer Musikelektronik zu nähern. Wenn ich Nils Frahm an meine Ohren lasse, besteht also die ernsthafte Gefahr, dass sich meine eigentlichen Tagespläne in Luft auflösen.

In der Auseinandersetzung mit Nils Frahm, Vienna Teng und Theo Bleckmann ist meine Vorliebe für das Loopen entstanden. Musik, die im Kreis läuft? Johann Sebastian Bach hätte es für keine so gute Idee gehalten, kleine Musikschnipsel mehr oder weniger unverändert zu wiederholen. Bachs Musik war auf die melodische Entwicklung auskomponierter Einzelstimmen angelegt. Aber die Reise ging ja weiter.

Die Arbeiten von Steve Reich, Ludovico Einaudi, die Entstehung von Techno-Musik und nicht zuletzt der Einfluss von Bands wie Coldplay, U2 und Ed Sheeran haben Musik, die stärker auf engmaschige musikalische Wiederholungen setzt, längst in unsere Hörsphäre gebracht.

Loops sind definitiv etwas für Livekonzerte. Das Publikum bekommt hautnah mit, wie der Song entsteht, wie er aufgebaut ist und wie er sich Schritt für Schritt weiterentwickelt. Aus einer ersten kleinen Idee entstehen durch das Schichten verschiedener Spuren komplexe Arrangements. Ein Loop-Player macht aus wenig viel: Aus zehn Fingern können hundert werden, aus einer Solostimme ein ganzer Chor. Wenn dann noch Beatboxing und Soundeffekte

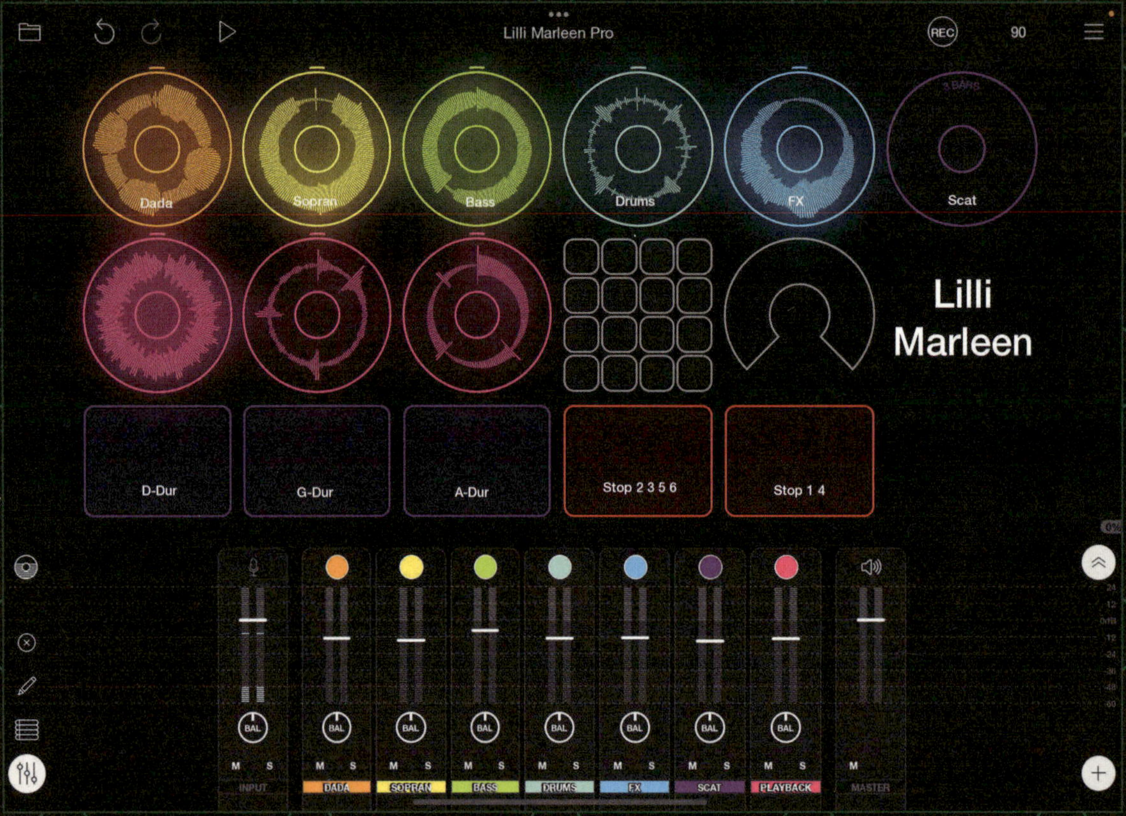

dazukommen, ist es manchmal schwer zu glauben, dass eine einzelne Musikerin in der Lage ist, solche Klänge und Rhythmen hervorzubringen.

Für mich sind die geloopten Songs immer Nervenkitzel, weil auch immer etwas schiefgehen kann. Das Aufgenommene läuft immer weiter, egal, ob es nun gut oder schlecht gelungen ist.

Loopen ist für mich zu einer Leidenschaft geworden. Lilli Marleen, Der Lindenbaum, Ein feste Burg oder Entre le bœuf et l'âne gris. Am Anfang mit typischen Loop Stations (ElectroHarmonix 2880 und Boss RC-505) und ganz aktuell mit einem iPad, einem Akai APC40 und der sensationellen App „Loopy Pro". Die Technik entwickelt sich weiter und unsere Kunst hoffentlich auch.

Eine Parlamentspoetin
oder: Ja, mit Hoffnung

Eine Idee. Politik und Poesie treffen sich. Lyrik im Bundestag. Regelmäßig erst mal ein Gedicht vorlesen lassen. Eine schöne Vorstellung für mich. Die sofort Erinnerungen weckt, zum Beispiel an die wunderbar klar poetischen Reden von Ruth Klüger und Navid Kermani. Eine Anregung. Geäußert von drei Schriftsteller!nnen. Vom kanadischen Vorbild wird erzählt. Und Amanda Gorman wird als beispielhaft politisch engagierte Poetin gelobt.

Poesie. Mit der Aufgabe, zu irritieren, zu stören. Brücken zu bauen, Risse zu heilen. Die Sprache der Freiheit zu stärken. Den Horizont des Alltäglichen zu weiten.

Die Diskussion infolge des Vorschlags ist recht aufgebracht. Zynisch bis mahnend ist die Rede von Politikkitsch und Propaganda, elitärem Unfug, wohliger Auftragskunst im Dienst der Herrschenden, Rebellisches sei von Hofbardin und Poesiealbum nicht zu erwarten. Und wie das Ganze überhaupt bezahlt werden solle, wird auch gefragt. Begrüßt wird die Idee aber zum Beispiel von Bundestagsvizepräsidentin Katrin Göring-Eckhardt. „Ich unterstütze es, einen neuen diskursiven Raum zwischen Parlament und lebendiger Sprache zu öffnen."

Eine Idee, eine Anregung, eine Diskussion. Ich hätte auf jeden Fall schon einen kleinen Wunsch an den Poeten, die Poetin: Sie könnte eine alternative Formulierung finden für das „So wahr mir Gott helfe“. Das ich, ehrlich gesagt, bei den letzten Vereidigungen sehr vermisst habe. Wer mit der Idee von Gott nichts Gutes verbindet, nicht daran glaubt, sollte so einen Satz nicht sagen müssen – so weit, so ehrlich und freiheitlich. Was habe ich von einem Lippenbekenntnis, bei dem es nur um Tradition und Image geht? Aber, wenn ich mir das große Versprechen der Vereidigten anhöre, wünsche ich mir doch sehr, es wäre die Rede von etwas noch Größerem.

„So wahr mir Gott helfe“ – einfach weglassen? Da fehlt etwas – weil wir nämlich alle fehlen. Weil Minister!nnen nicht unfehlbar sind. *„Ich schwöre, dass ich meine Kraft dem Wohle des deutschen Volkes widmen, seinen Nutzen mehren, Schaden von ihm wenden, das Grundgesetz und die Gesetze des Bundes wahren und verteidigen, meine Pflichten gewissenhaft erfüllen und Gerechtigkeit gegen jedermann üben werde.“*
Angemessener klänge: Ja, ich will es versuchen. Ja, ich möchte dem gerecht werden, aber ich werde sicher auch daran scheitern. Ja, mit Vernunft, Begabung, Engagement und mit meinen Grenzen. Oder: Ja, aber nur mit Hilfe. Ja, mit Hilfe der Demokratie. Ja, mit Unterstützung der Bürgerinnen und Bürger. Eben nicht alleine. Ja, mit meinem Team. Ja, mit Kraft, die über mich hinausreicht. Schön wäre auch: Ja, mit Hoffnung. Das hätte etwas selbstrelativierend Demütiges.

Liebe Parlamentspoetin, liebe Bundestagsvizepräsidentin! Bitte, finden Sie doch neue, zeitgemäße Worte rund um den Amtseid. Das wäre weder kitschig noch rebellisch, es wäre ein schöner Beweis für die Lebendigkeit von Parlament und Sprache.

Bild: ukartpics / Alamy Stock Foto

Barlach

Kunst und Kultur in den Goldenen Zwanzigern.
Das war Aufschwung. Avantgarde. Ausgelassenheit.
Und gleichzeitig übte die Kunst scharfe Kritik an den Missständen der Zeit.
Mit ihren großen Ängsten und alltäglichen Sorgen.
Denn golden waren die 20er längst nicht für alle.
Für viele war der Alltag grau, grausam.
Bestimmt von Arbeitslosigkeit, Hunger, Keuchhusten.
Korruption. Krawallen. Wohnungsnot. Überfüllten Wärmestuben.

Der Bildhauer Ernst Barlach lebt in dieser Zeit.
Nicht in der Hauptstadt. Sondern in Güstrow, auf dem Land.
Er versteht seine Kunst als Friedensarbeit.
Aber das wird in der aufgeladenen Atmosphäre der Weimarer Republik
zunehmend zum gefährlichen Wagnis.
Viele sprechen immer häufiger von der „Schmach von Versailles".
Überall entstehen Ehrentafeln,
Kriegsdenkmale für verstorbene Soldaten.
Barlach will die *schreckliche* Wahrheit des Krieges zeigen.

Immer wieder, auch heute: Nicht wegzugucken – ist bedeutend.
Hinzusehen – bedeutet für die Opfer Ansehen.

Ernst Barlach schafft Kunst, die wachrüttelt.
Und: Menschenseelen verbindet.
Aber sie entspricht nicht dem Zeitgeist.
Völkische Gruppen machen Stimmung gegen ihn.
Seine Arbeiten werden abgehängt, verbrannt, zerstört.

Heute gilt Ernst Barlach als großer deutscher Künstler.
Die Skulpturen mit dem prägnanten Ausdruck
(die großen Augen) – sind weltberühmt.
Eins seiner bedeutendsten Werke ist der „Schwebende Engel".
Installiert im Jahr 1927 im Dom in Güstrow.
10 Jahre später von den Nazis als „entartete Kunst" geächtet.
1941 entfernt und als Metallspende *eingeschmolzen.*
(Zum Glück lassen gute Freunde heimlich einen Neuguss herstellen und verstecken.)
Auch die Kölner Antoniterkirche beherbergt heute diesen
großen, schwebenden Engel. Golden. Aus Bronze.

Ich liebe diese Idee:
Dass unvergänglich goldene Flügel über uns schweben.
Engel mit großen Augen. Auch in unseren 20ern.

FLÜGEL

DAS LEBEN IST:

Ahnen. Intuition. Ideen.

Ist unser wissender Körper. Unser fühlendes Denken.

Die Mitwelt. Lilien. Ginkgo- und Mandelbäume.

Igel. Elefanten. Korallenriffe.

Das Heilige zeigt sich. Mit Gänsehaut. Im Wind.

Mit Energie im Raum. In Überraschung, Staunen, Geschenken.

Zum Beispiel

eine mit lindgrünem Seidenpapier ausgekleidete Papierschachtel

mit Pistazien-Macarons.

DAS GEHEIMNIS IST:

Eine Prise Barmherzigkeit.

Ein Schuss Verrücktheit.

Eine Spur Chuzpe.

Ein paar schöne Funken Freude.

Und ein Hauch von Gott.

Goldige grüne Kinder

In unserem Haus zu Hause wohnen auch Kinder.
Nicht unsere eigenen.
(Die meisten Kinder auf dieser Welt sind ja nicht unsere eigenen.)

In unserem Haus. Griechisch oikos, wie in Öko.
Fünf wunderbare Kinder. Sie sind da. Sehr da!
Präsent. Geschenk und Gegenwart.
Und sie wünschen sich eine Zukunft. In unserem großen Haus, der Erde.

Fünf Kinder. Lilia. Paul. Frieda. Tom.
Und eine heißt sogar Greta. (Echt jetzt!)

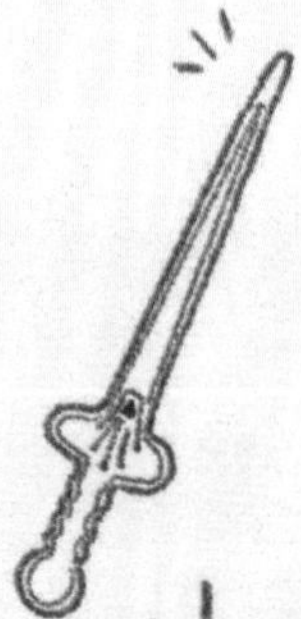

Jeden Tag erleben wir diese fünf:
Ihren Eifer. Ihre Phantasie. Ihr Interesse.
Spiel und Rückzug. Verkleiden.
Roter Nagellack für Prinzessin *und* Prinz.
Fahrradfahren. Vokabelnlernen. Zelten.
Liebe zu Pferden. Zu Emma, dem Hund.
Eine Kuh
bekommt einen Kuss auf die feuchte Schnute.
Sie erkennen einen roten Milan am Himmel.
Und einen Ginkgobaum.
(Sie erkennen aber auch Lamborghinis.)

Einmal koche ich mit den beiden Großen indisches Curry.
Wir sprechen über Reis, Mangos,
wo der Pfeffer wächst.
Die zwei waren beide schon in Indien.
Reise-Erinnerungen werden wach.
An die Yelagiris und ein Kinderheim.

Sie erzählen immer so witzig.
Voll dankbar und auch ein bisschen stolz.
Schon früh haben sie weltweite Verbundenheit erlebt.

Ob sie nochmal hinfliegen wollen? Ja. Unbedingt.
Aber sie kennen auch das Wort „Klimakompensation".
Echt jetzt!

Diese kleinen goldigen Grünen. ;-)

Ich kannte zwar ebenfalls den roten Milan,
hatte aber mit 13 mehr andere Sorgen.
Und ahne: Hier steckt ein Problem!

Ins Kochen und Erzählen
mischt sich bei mir eine Trauer
über die verlorenen Jahre,
in denen wir es schon besser wussten,
aber trotzdem nichts geändert haben
an unserer Lebensweise.

Im großen Haus, der Erde,
leben fast 2 Milliarden Kinder.
Unsere Kinder!
Präsent und Zukunft.
Unsere heilige, eilige Motivation.

Als der großartige Fotograf Sebastiao Salgado
in seine Heimat Brasilien zurückkehrte
und statt dichtem Regenwald
nur noch karge Landschaft vorfand,
gründete er das ‚Instituto Terra'
mit der Idee, das Land wieder aufzuforsten.
20 Jahre später,
2,7 Millionen Bäume und 290 Pflanzenarten später,
ist es wieder kühler geworden,
es regnet mehr,
hat sich das Klima verändert,
und der Wald beherbergt jetzt über 200 Tierarten.

Die Druckerei dieses Buches stellt Bücher aus schonend bewirtschafteten Wäldern her
und pflanzt für jede Bestellung einen neuen Baum.

Frauen der 1920er

ERFAHRUNGEN BEI DER RECHERCHE

Beim Beginn war eine geflüsterte Silvesterbitte um Segen für das neue Jahr. Dazu gesellte sich die knappe Feststellung: Ein ganzes neues Jahrzehnt hat begonnen. Was bedeutete: Unsere 20er Jahre. Damit dann verband sich die Frage: Werden unsere 20er-Jahre wohl golden werden? Wie könnte das gelingen? Was brauchen wir dafür? Und was könnte unser Beitrag sein?

Dann kamen die Bücher. Ich habe gelesen. Geschichten über die Geschichte der 1920er Jahre. Tauchte ein in die Atmosphäre dieser Zeit. Berlin. Chanson und Charleston. Die erste deutsche Demokratie. Elend und Erfolg, Entdeckungen, Experimente. Ermächtigungsgesetze. Und dann las ich von den Frauen. Und von ihrer neuen Freiheit.

Mit der Wahl am 19. Januar 1919 sind zum ersten Mal Frauen ins Parlament eingezogen. Die Wahlbeteiligung bei Frauen beträgt 87 %! Vorangegangen ist ein langer Kampf um Gleichberechtigung. Mit Elan und durchaus einigem Erfolg geht es los. Vor allem in der Sozialpolitik können die Frauen punkten und neue Gesetze auf den Weg bringen. Sie sind nicht mehr aufzuhalten.

In den 1920er Jahren machen Frauen den Flug- und Führerschein. Die Mode wird frech. Stoff ist knapp, aus der Not wird ein Trend. Die Frau, die ein Charlestonkleid trägt, wünscht sich nicht nur Bein-Freiheit. Sie legt ihr Korsett ab. Trägt kurzes Haar. Bubikopf. Stirnband. Federboa. Lippenstift. Sie hört Jazz. Trinkt. Und raucht lange Zigaretten mit Spitze. Öffentlich ascht sie auf Traditionen. Setzt sich über Rollenbilder hinweg.

Jede dritte Berlinerin ist in den 20ern erwerbstätig. Als Fließbandarbeiterin. Verkäuferin. Stenotypistin. Friseurin. Volksschullehrerin. Allerdings währt die neue Freiheit nur ein paar Jahre und ist mit der Wirtschaftskrise vorbei. Die weiblichen Angestellten werden zuerst entlassen.

Beim Lesen entdecke ich ein paar Bekannte wieder:

Die Sozialdemokratin, Frauenrechtlerin und Alterspräsidentin Clara Zetkin. Ich verehre sie für ihre Ausdauer und Kühnheit. Sie wird gerne zitiert mit dem Satz: „Haben wir für alle Schwierigkeiten nur eine Antwort: Jetzt erst recht!"

Die Designerin Coco Chanel kreiert 1920 das „kleine Schwarze". Zwei Jahre später das Parfüm Chanel N°5.

Käthe Kollwitz habe ich schon vor Langem ins Herz geschlossen. Ihre Bilder, Drucke, Skulpturen im Museum bewundert. Sie ist die erste Frau, die in die Akademie der Künste aufgenommen wird. Von Mascha Kaléko besitze ich Gedichtbände und von Vicky Baum einen Band mit Kurzgeschichten. Der Mut der Flugpionierin Amelia Earhart hat mich früher schon berührt. Von Josephine Baker war mir gerade mal ein Lied bekannt. „Then I will be happy." Die Schauspielerin, Sängerin und Tänzerin ist eine der wenigen Persons of Colour, die in den 20er berühmt wird. Der rassistische Unterton vieler Kommentare und Rezensionen entlarvt koloniale Arroganz und Sehnsüchte.

Ich kannte noch von manch anderer Frau gerade mal den Namen und lernte sie erst beim Lesen besser kennen: Die Unternehmerin Helena Rubinstein. Schauspielerin und Intendantin Helene Weigel. Aber schon hier, bei den mir bekannteren Namen, wurde mir klar: Aus der Schule kannte ich die allermeisten nicht. Im Geschichtsunterricht, in Politik, Physik und Deutsch wurde vielmehr von

Männern erzählt. Von ihren Taten, Erfindungen und Werken. So war es auch mit den Männern der 1920er Jahre: Friedrich Ebert. Gustav Stresemann. Einstein. Max Planck. Freud. Charles Lindbergh. Béla Bartók, Ravel, Duke Ellington. Die Comedian Harmonists. Otto Dix, Paul Klee, Picasso. Walter Gropius. Der wunderbare Erich Kästner. Der großartige Charlie Chaplin.

Von Vicki Baum habe ich nichts im Deutschunterricht gelesen. Sondern Kafka. Hesse. Tucholsky. Alfred Döblin. Heinrich und Thomas Mann. Nicht der Lehrplan, sondern mein eigenes Interesse hat dann dafür gesorgt, dass ich überhaupt einige Frauen und ihre Werke kennenlernte. Bei meiner Recherche musste ich mich immer wieder fragen: Wäre mein Leben und Lernen wohl anders verlaufen, wenn ich schon in meiner Schulzeit von diesen Frauen gewusst hätte? Oder: Was bewirkt es, wenn eine Dichterin wie Mascha Kaléko „weiblicher Kästner" genannt wird? Und was bedeutet es, dass die Literatur, die Kunst, die Errungenschaften und Taten von Frauen verschwiegen werden? Unwichtig sind für den Lehrplan, für die Bildung von Kindern und Jugendlichen? Nicht erforschenswert. Zu klein. Oder systematisch kleingeredet?!

Erst spät habe ich Irmgard Keun entdeckt. Eigentlich ein Star der Literaturszene im Berlin der 20er. Weil sie den Zeitgeist aufs Papier bringt wie keine andere, den riesigen Freiheitswunsch der Frauen in Geschichten erzählt. Ihr Buch „Das kunstseidene Mädchen" wird ein großer Erfolg – aber die Nazis verurteilen ihr Schreiben als „antideutsch" und verbieten ihr zu arbeiten. Sie entkommt in die Niederlande. Erst die Frauenbewegung der 80er Jahre entdeckt sie dann wieder.

Da waren viele Frauen, deren Namen ich überhaupt noch nie gehört hatte. So viele! Die Verlegerin und Übersetzerin Edith Jacobsohn. Ihr verdanken wir zum

Beispiel die Übersetzungen von „Pu, der Bär“, „Doktor Dolittle“ und „Biene Maja“. Vor allem aber hat sie Erich Kästner entdeckt. Mit der fluffigen, aber wohl wissenden Aufforderung: ‚Schreiben Sie mal was für Kinder!‘, stiftete sie den Schriftsteller an zu „Emil und die Detektive“, und schuf einen Bestseller. Die andere Edith Jacobson (der gleiche Name, etwas anders geschrieben) war eine große Ärztin und Psychoanalytikerin.
Die Fotografin Lotte Jacobi ist berühmt für ihre Porträts, die das Wesen einer Person einfangen. Vor ihrer Kamera sitzt ihr Leben lang Prominenz: Bertold Brecht. Martin Buber. Marc Chagall. Grete Sultan, die Pianistin aus Charlottenburg.

Für die Rennfahrerin Clärenore Stinnes ist das Automobil das Symbol für Freiheit. Die Ruhrgebietstochter gewinnt auf dem Berliner Avus jedes Rennen. Fährt unerschrocken einmal um die ganze Welt. Durch die Wüste, Hitze, Anden, Eis und Regenwald.

Die Tennisspielerin Suzanne Denglen gewinnt in den 20er beinahe jedes Spiel im Damentennis. Neben Medaillen, Schlagtechnik und Erfolgen wird immer auch über ihre Kleidung berichtet. Über ihr Dekolleté. Den fehlenden Unterrock. Das Tüllband im Haar. Sie ist die erste Sportlerin, die weit außerhalb ihres Metiers als Star gefeiert wird und mit ihrem Stil auch die Mode inspiriert.

Das Bauhaus ermöglicht Frauen eine Ausbildung. Und es gibt viele kreative Frauen, die diese Chance wahrnehmen: Die Malerin Jeanne Mammen. Innenarchitektin Friedl Dicker. Textilkünstlerin Otti Berger. Designerin Alma Buscher. Bildhauerin Marianne Brandt. Fotografin Lucia Moholy. Bühnenbildnerin Ilse Fehling. Keramikerin Margarete Heymann. Weberin Anni Albers. Textilkünstlerin Marli Ehrmann. Und die Textilkünstlerin Gunta Stölzl, die erste Meisterin am Bauhaus und Leiterin der Weberei.

Ende der 20er-Jahre schleichen sich immer mehr Sorgen und dunkle Ahnungen in Leben und Kunst. Die Nachricht von Gustav Stresemanns Tod am 3. Oktober 1929 erschüttert die Welt. Ein paar Wochen später der schwarze Donnerstag, der Börsencrash. Tausende müssen einen Offenbarungseid leisten. Im November 1929 zieht die NSDAP zum 1. Mal ins Parlament ein.

Und da entdeckte ich, wie viele dieser Frauen Jüdinnen waren. Mascha Kaléko erhielt wegen ihrer jüdischen Abstammung Berufsverbot. Die Verlegerin Edith Jacobson. Die Schriftstellerin Vicky Baum. Helena Rubinstein. Die Pianistin Grete Sultan. Helene Weigel. Die Fotografin Lotte Jacobi. Viele Bauhausfrauen: Otti Berger. Alma Buscher. Friedl Dicker. Marianne Brandt. Lucia Moholy. Anni Albers. Margarete Heymann. Marli Ehrmann. Marguerite Friedlaender. Grete Stern. Sie alle!

Die meisten Lebensgeschichten gehen erschreckend weiter: Einige werden im Konzentrationslager ermordet. Andere überleben, versteckt in Deutschland, und ihre Kunst gerät oft in Vergessenheit. Mascha Kaléko emigriert gerade noch rechtzeitig in die USA. Auch Lotte Jacobi kann ins Exil fliehen.

Dass ich heute jüdische Freundinnen habe, ist für mich ein Wunder.

Im Laufe der 1920er Jahre sinken die Reichstagsmandate für Frauen schnell ab. Und dann entziehen die Nazis den Frauen das passive Wahlrecht wieder. Gerade erst Erreichtes wird wieder rückgängig gemacht. Es heißt: „Die deutsche Frau will Gattin, nicht Genossin sein."

Nun. Die Welt hat sich weitergedreht. Und sie dreht sich noch! Mal zurück, doch insgesamt wohl eher nach vorne. Wir werden es erleben.

Für heute verneige ich mich mit Dank und dem allergrößten Respekt vor allen, die für unser aller Gleichwürdigkeit gekämpft haben. Oft gegen große Hindernisse und mit ungewöhnlichem Mut.

GROLLEN

Ich höre ein Grollen, ein Grummeln, ein Donnern.
Das Echo der Stimmen, die nie gehört wurden.
Die viel zu sagen hatten, aber nicht zu Wort kamen.
Die geschrieben, aber nie gedruckt wurden.
Die etwas entdeckten, es aber nie zeigen konnten.
Die etwas schufen, das nie veröffentlicht wurde.
Deren Kunst und Wissen übergangen wurde.
Oder sogar verboten.
Als Christin, als religiöser Mensch höre ich
in diesem Grollen auch Gott selber.
Die Sprache der Ewigen.
Das Wort, das Gerechtigkeit schafft.
Resonanz aus einer anderen Zeit.
Die unbedingte Kraft zum Neuen.
Die heilige Bitte, wahrgenommen und beteiligt zu werden.

Goldige Männer, die putzen

Es hat sich wirklich viel zum Guten verändert. In den letzten 100 Jahren. Und das kann uns Mut machen. Zum Beispiel beim Thema Gleichberechtigung. Für die Männer hat sich wirklich einiges verändert! Was die heutzutage alle dürfen!

Kuchenbacken. Kaffeekochen. Tischdecken. Staubsaugen. Kinderwickeln. Hemdenbügeln. Kartoffeln schälen. Spülmaschine ausräumen. Bettenmachen. Kinder-zur-Musikschule-fahren. Müllrausbringen. Wäschewaschen. Pflegen, lagern, windeln, heben. So was gab es doch früher alles nicht.

Der Profi macht das bisschen Haushalt ganz perfekt. Aber natürlich nicht von alleine! Denn der moderne Mann ist ein Teamplayer. Er sucht sich Hilfe. Da gibt es z.B. die Home-Connect-APP! Sein Handy ist mit der Waschmaschine verbunden. Und er kann beim Duschen gucken, ob‘s schon schleudert. Die App sagt ihm: „Hallo, Benjamin! Das Waschprogramm ist fertig.“

Es gibt auch Youtube-Tutorials zum Bratkartoffelbraten. Und Wikipedia-Artikel über „Butterbroteschmieren“. Nicht so wie früher, wo gesagt wurde: „Dat kochste einfach lang jenuch. Eine Hausfrau hat das im Gefühl. So Pi mal Daumen.“ Und die Frau wusste gar nicht, dass Pi 3 Komma 14159265359 ist. Mann fragt sich: Wie konnte jemals Essen gar werden?

Auch schön ist: Alle Haushaltsgeräte geben dir Feedback. Also – sie piepen. Da wirst Du als Frau fast neidisch. Und wünschst Dir selbst so eine Automatik, die dem Mann mitteilt: (Wie die Mikrowelle): „Ich bin heiß.“ (Oder der Herd): „Ich koche gleich über.“ (Oder der Kühlschrank): „Tür zu!“ ... „Das kostet hier allmählich zu viel Energie.“

Wenn nun der Partner demnächst wieder höflich anmerkt: „Schatz, tut mir leid, es wird kurz ein bisschen laut. Ich möchte noch eben das Wohnzimmer staubsaugen, bevor ich das Abendessen serviere...“ – dann sehe ich großzügig darüber hinweg. Und flöte nur: „Bringst Du mir 'nen Secco aus dem Keller mit?“

Dann wechsel noch eben schnell die Winterreifen. Aber da red ich gar nicht drüber. Kein großes Ding. Kein Bohei. Bitte! Kein unnötiges Aufsehen. Bei uns macht das immer, wer grad Zeit hat. Dann überweis ich noch das Haushaltsgeld. Und piepe: „Fertig!“

Altern

Meine Falten zeigen, dass ich viel gelacht habe.
Meine grauen Haare, dass ich mich gekümmert habe.
Meine Narben, dass ich gelebt habe.
Und mein Bindegewebe macht mich weich.
Ich werde meinen Körper jetzt, wo er über fünfzig ist,
doch nicht ständig beschimpfen!
Ich werde täglich für alles danken, was er noch kann.
Ihm Komplimente machen. Und Yoga.
Ich will gar nicht jung aussehen, sondern glücklich.
Mein Gesicht und meine Falten erzählen meine Geschichte.

Den ganzen Text bei Spotify anhören:

Den ganzen Text herunterladen:

Grauzwanziger

Und wenn kein Gold da ist
Kein Lichtstrahl
Die Sterne hinter den Wolken
Wenn alles düster, grausam grau
Die Seele nicht leuchtet
Und der Wind weht
Aber du weißt nicht, ob du magst, was er mit sich bringt
Wenn du das Neue noch nicht siehst
Allerhöchstens ahnst
Aber selbst das vielleicht nicht
Wenn kein Gold da ist
Keine einzige Münze
Kein Lohn, kein Gewinn, keine Anerkennung
Wenn es keine Flamme gibt
Nicht einmal eine Kerze
Oder eine kleine Lampe im Fenster
die dich begrüßt
wenn du müde nach Hause kommst
Dann sollst du wissen:
Das haben andere vor dir auch schon erlebt
Erlitten, getragen, überwunden
Oder mit sich begraben
Und aus der Erde über ihnen und im Himmel dazu
ist doch immer etwas Neues
gewachsen

Diatopie

oder: Warum mich Jesus auch überzeugt…

Dass sich der Mensch aus Nazareth
nicht beschwichtigen ließ
von einer Utopie.
Nicht beruhigen ließ von schier
schönen, unerreichbaren Zielen.
Die Wirklichkeit nicht leugnete.
Sondern das echte Leben umarmte.
Mit allem.

Dass sich der Mensch aus Nazareth
nicht verführen ließ von einer Dystopie.
Nicht verängstigen
von verzweifelten Aussichten.
Nicht erbittern von Prognosen
und finsteren Ahnungen.
Nicht trennen ließ
von den guten Kräften.
Sondern hoffte.
Trotz allem.

Dass der Mensch aus Nazareth
den spannenden Weg wählte.
Den dritten, anderen, neuen.
Den Weg durch die Mitte der Welt.
(Nennen wir es doch Diatopie.)
Um uns so die neue Zeit anzuvertrauen.
Uns allen.
Das überzeugt mich.

WÜNSCHE

Strophe 1
G D/G C/G D/G
Es sind nochein paar Wün - sche of-fen an Dich Gott, der so gü - tig ist. Es
Es sind noch vie - le Wün - scheof-fen, an mich, an Tat und Phan - ta - sie. Die
Em7 D/C C 1. Dsus4 D Dsus D
ist nicht al - les ein - ge - trof-fen, was Du ver-sproch-en und ver-misst. - Es
Wün - sche ken-nen lässt mich hof-fen und
2. Dsus4 D Dsus4 D
Hoff - nung schenkt mir E-ner - gie.
Chorus 1
Em Bm/D
Ich hab mich oft ver-steckt und
C G/B Am7 G/H C
echt viel ver - säumt. Du hast mich zwar ge-weckt, doch noch nicht aus - ge-träumt.
Dsus4 D G D/G C/G Db/Eb Eb
Strophe 2
Ab Eb/Ab
Es sind noch vie - le Wün - sche of-fen, an
Ja zum Pla - nen und zum Hof-fen, zur
Db/Ab Eb/Ab Fm7 Eb/Db Db
Dich, Du schreck - lich schö - ne Welt. Du hast Dich oft schon ü - ber-trof-fen, weil
Schön - heit und zum neu - en Land. Es sind noch gro - ße Wün - sche of-fen,

Als PDF herunterladen:

Bei Spotify anhören:

Mehr

**Lege dir einen Schatz an,
wie es den Geboten der Höchsten entspricht,
und er wird dir mehr einbringen als Gold.**

(DAS BUCH JESUS SIRACH 29, 11)

Bay mir bistu sheyn

בײַ מיר ביסטו שיין

Das Lied „Bay mir bistu sheyn“
ist der weltweit wohl bekannteste jiddische Song.
Aus einem Musical rund um das Lied
„Men ken lebn, nor men lost nisht“.
(Wir könnten leben, nur lassen sie uns nicht.)
Entstanden 1928.
Von den Andrew Sisters zum Erfolgsschlager gesungen.
Drei junge Amerikanerinnen mit norwegischer Mutter und griechischem Vater.

Bay mir bistu sheyn.
Von den Nazis verboten, als sie den jüdischen Ursprung bemerkten.
Von der jüdischen Band in Theresienstadt trotzig gespielt.
Und Louis Armstrong entdeckte das Jazzpotenzial.

Für mich ist so schön:
Dieser Mix aus Musik, Minderheiten, Migrantinnen.
Und!
Dass so ein Lied sich nie verbieten ließ.
Das ist wirklich sheyn.

UND DANN GIBT ES JA NOCH

Und dann gibt es ja neben allen Schlagzeilen
immer alles gleichzeitig
mit dem Krieg, dieser unfassbaren Brutalität,
den Krisen, dem Klima, der Armut,
dem Mittelmeer, der Pandemie
und immer irgendwo Skandale

Neben der ganzen Verantwortung,
der Demokratie, der Vergangenheit,
neben der ganzen Zukunft und der ganzen Welt,
gibt es ja auch noch – die eigene Haustür.
Die wir öffnen können.
Für Gäste, die Kinder, ein Paket.
Und natürlich, um selber rauszugehen.

Es gibt bei allem Großen – kleine Momente wie diese:
Wie der Gast aus Indien
am Weihnachtsmorgen aufwacht,
alles ist plötzlich winterlich –
und er sieht zum ersten Mal in seinem Leben Schnee.

Die Sechsjährige,
die auf den Schoß der Mutter krabbelt, die Ärztin ist,
die Bluse etwas zur Seite schiebt, das Stethoskop nimmt
und ihren Herzschlag hört.

Wie beim Dönermann
eine junge Frau mit Down-Syndrom
ein paar Cents auf den Tresen legt und fragt,
was sie dafür bekommt.
Und der Dönermann sagt:
„Alles, was du willst, Prinzessin."

Neben allen Schlagzeilen und großen Aufgaben
gibt es auch noch Lichtblicke, goldene Momente:

Die Klassenfahrt nach Paris.
Ein Ja-Wort.
Die Geburt des Neffen.
Ein Dankeschön.
Ein Lachanfall.
Eine Tasse Tee in der Mittagssonne.
Eine Radtour den Rhein entlang.
Der erste Kuss.
Ein Lieblingslied im Radio.
Der runde Geburtstag der ebenso runden Freundin.
Dass die Magnolie im Garten wieder blüht.
Und, nie zu vergessen:
Die kleine, große, so ganz eigene Liebe.

Und sie sprach!

Mit enormer Würde. Und Energie.
Und sie stolperte nicht.
Trug vor. Ohne jede Blockade:
„The hill we climb".
Bergauf!
Anspielungen auf das Kapitol.
Anleihen aus der Bergpredigt.
Sie sprach melodisch.
Wunderschön.
Lyrisch und schmuck.
(Selbst Menschen, die kein
Englisch verstehen,
empfanden ihre Wahrhaftigkeit.)

Und alles zischte und rollte.
Ganz, wie es sollte. Wie sie es wollte.
Es war ein Genuss, ihr zuzuhören.
Sie zu erleben:
Die Kraft ihrer Worte. Ihre Stimme.
Den Rhythmus. Ihre Körpersprache.
Die kleinen Gesten.
Das stammelnde Frühchen,
die Enkelin von Sklavinnen
war der Star.

WENN WIR

keine derartig starken Großeltern hatten,
können wir ja immer noch selber welche werden.
Den Funken in unseren Kindern beschützen.
Ihre Flamme anfachen.

Danke!

Für so viele Geschenke.
Dass wir am Morgen wach wurden.
Dass die Heizung noch heizt.
Fließendes Wasser da ist und ein Bett.
Heißer Tee. Frisch gebackenes Brot.
Der Wald.
Jedes bisschen heitere Leichtigkeit.
Nicht lügen zu müssen.
Nicht fliehen zu müssen.
Die Demokratie.
Zustehen tut uns nichts davon, hm?
Behütet sein und behüten können.
Kindsein. Für Kinder da sein. Mit Kindern leben.
Alles Geschenk.
Und wenn das Glück ausbleibt,
eine Stimme, die flüstert:
Es kommen wieder Zeiten zum Danken.

Weiter mit uns

Diese Licht-Leucht-Gold-Geschichte
aus Sternen,
Geburten,
Lebenswegen
mit Kurven und Ecken,
Passion,
Abschieden,
Aufstehen,
Erwachen,
geht weiter
mit uns.

SEGEN

Deine Augen können heiße Tränen weinen.
Mögen sie Dich auch
die Schönheit dieser Welt sehen lassen.

Dein Herz ist manchmal hart und kalt.
Möge es sich auch öffnen für treue Zuneigung.

Dein Kopf kann sich anfühlen wie ein Käfig.
Möge er auch ein Spielraum der Kreativität sein.

Deine Nase kann manche Leute nicht riechen.
Möge sie auch den Duft der Freiheit atmen.

Deine Zeit ist endlich.
Möge sie sich weiten mit Momenten von Ewigkeit.

Deine Hände können ohnmächtig im Schoß liegen.
Mögen sie auch immer wieder Gutes tun.

Deine Ohren hören viele schreckliche Nachrichten.
Mögen sie auch frohes Lachen wahrnehmen.

Deine Lippen können zusammengepresst sein.
Mögen sie sich auch öffnen zum Flüstern mit Gott.

Deine Energie ist begrenzt.
Möge sie immer wieder aufleben in geselliger Güte.

Deine Hoffnung ist nie nur Deine allein.
Mögest Du sie aufspüren in Verbundenheit.

GLEICHZEITIG

Sie ist kaum auszuhalten, diese Gleichzeitigkeit. Obwohl sie ja immer in dieser Welt lebt, berührt sie uns manchmal besonders. Die Nachrichten von Krieg und Klimakrise. Daneben Kirschblüten, Kinder, geballte Lebensfreude, Frühling. Die Journalistin Andrea Jeska schreibt aus der Ukraine: „Flieder jetzt überall in Odessa. Menschen kaufen Blumen und tragen sie wie einen Schatz nach Hause. Alles, was unschuldig und schön ist, wird in diesen Zeiten der Gräueltaten, Gewalt, Töten, Folter noch schöner."

Traurig, bedrückt und dann wieder erfreut, lebensfroh sind wir. Voller Widersprüche. Obwohl das Glück immer begleitet wird von Scham und Bangen, will ich die guten Erfahrungen nicht leugnen. Die Dankbarkeit verleiht uns Kraft. Auch, um andere zu unterstützen, die weniger Grund zum Danken haben.

Hüftgold

ODER: KÄSEKUCHEN OHNE BACKEN

Zutaten

für eine Springform (24cm)

200 g Amarettini Kekse
100 g Butter
200 g weiße Schokolade
100 g Crème fraîche
600 g Frischkäse
1 Päckchen Vanillezucker
50 g Puderzucker
250 ml Maracujasaft
Agar oder Gelatine
Himbeeren zur Deko

Der Boden

Kekse in der Tüte gründlich zerbröseln. Butter schmelzen und mit Bröseln verrühren. Die Masse in der Backform verteilen, gut andrücken und kurz kalt stellen.

Die Füllung

Schokolade zerkleinern. Zusammen mit Crème fraîche bei schwacher Hitze schmelzen. Frischkäse, Vanillezucker und Puderzucker glattrühren. Abgekühlte Schokoladencreme unterrühren. Die Masse gleichmäßig auf dem Boden verteilen.

Den Kuchen ca. 6 Std. kühl stellen.

Die Maracujaschicht

Maracujasaft mit Agar oder Gelatine binden. Auf dem abgekühlten Kuchen verteilen und noch einmal kalt stellen.

Mit Himbeeren garnieren.

Was es nicht ins Programm geschafft hat

Erstens: Die Liebesgeschichte von Antoine de Saint-Exupéry. Als der seine Frau zum ersten Mal sah, war er so fasziniert von ihr, dass er sie mit seinem Flugzeug entführte, ihr während des waghalsigen Fluges, auf dem Kopf stehend, einen Heiratsantrag machte und drohte, die Maschine abstürzen zu lassen, sollte sie nicht Ja sagen. Ähnlich turbulent ging die Beziehung der beiden danach weiter.

Zweitens: Ein kleiner Satz von Theo, guter Freund vom kleinen Tom, der oft bei uns zu Hause zu Gast ist: „Nein, ich glaube nicht an Gott. Aber das heißt ja nicht, dass es ihn nicht gibt."

Drittens: Die Europa-Reise einer goldenen Zwanzig-Cent-Euro-Münze, die es derzeit in 19 Ländern der Europäischen Union gibt. Deutsche Rückseite: Das Brandenburger Tor.

Viertens: Die Lebensgeschichte von Karl Valentin. („Nennt mich nicht Walentin, du nennst ja auch nicht deinen Vater ‚Water'...") Weitere Zitate: „Früher war sogar die Zukunft besser." Und: „Ich freue mich, wenn es regnet, denn wenn ich mich nicht freue, regnet es ja auch."

Fünftens: Warum die Jazz-Legende Louis Armstrong immer eine Halskette mit Davidstern trug.

Sechstens: Die Information, dass potthässlich tatsächlich von Ruhrpott kommt. Was zum 19. Jahrhundert wohl passt, aber heutzutage nun wirklich nicht mehr angemessen ist.

Siebtens: Die Geschichte von Anna Pauline Murray, erste schwarze Priesterin der Anglikanischen Kirche, Bürgerrechtsaktivistin an der Seite von Martin Luther King.
Die einen Rat für uns hat: „Wenn andere versuchen, einen Kreis um mich zu ziehen, um mich auszuschließen, ziehe ich einen größeren, um sie *mit einzuschließen.*"

WIR ALLE

Damit unsere Zwanziger kostbar werden,
glänzend und strahlend,
braucht es uns alle!

Unsere Aufmerksamkeit.
Unseren Beitrag.
Und unsere Vorstellungskraft.
Dass wir Bilder finden, uns ausmalen, wie die Zukunft denn werden soll.
Friede. Umsorgte Schöpfung.
Beteiligung. Wunden geheilt.
Schöne soziale Energie.

Es braucht Vertrauen.
Ineinander und in die nächste Generation.

Unsere Ahn!nnen sind mit uns.
Es gibt Flügel. Schwung im Herz.
Engel mit großen Augen.
Erinnerungen. Träume.
Kleine Zeichen wie Ginkgoblätter.
Und das ewig goldene Licht des Himmels.

Zum Bühnenprogramm „Goldzwanziger" gibt es auch eine CD.

Musiziert von Ben Seipel.
Gesprochen von Christina Brudereck.
In unserem FairShop: 2fluegel-verlag.de
Auch bei Spotify & Co.:

Tu-Wort

Wie wäre es?
Wenn „Goldzwanziger" ein Verb würde,
ein Tu-Wort?
Und ich goldzwanzigere,
Du goldzwanzigerst,
wir alle würden goldzwanzigern?